KB272852

우리는 다른 길을
걸었다

나남
nanam

하금열

1949년 경남 거제에서 태어났다.
동래고와 고려대 독문학과를 졸업했다.
1980년 언론통폐합으로 동아방송을 떠나
여러 방송사를 거치며, 워싱턴과 LA에서 근무했다.
SBS 사장, 대통령비서실장을 역임했다.

나남시선 100

우리는 다른 길을
걸었다

2026년 3월 20일 발행
2026년 4월 5일 2쇄

지은이　　하금열
발행자　　趙相浩
발행처　　(주) 나남
주소　　　10881 경기도 파주시 회동길 193
전화　　　(031) 955-4601(代)
FAX　　　(031) 955-4555
등록　　　제 1-71호(1979. 5. 12)
홈페이지　http://www.nanam.net
전자우편　post@nanam.net

ISBN　978-89-300-1100-6
ISBN　978-89-300-1069-6(세트)

책값은 뒤표지에 있습니다.

나남시선 100

하금열 시집

우리는 다른 길을 걸었다

나남
nanam

세 번째 시집을 내며

아무한테도 허락받지 않고
무턱대고 글을 쓴 일
해야 할 일을 찾지 않고 빈둥대거나
쓸데없는 궁리만 한 것
제가 만약 후회하지 않아도 되는 날에는
마음에 딱 드는 시 한 편만
잘 다듬어서 쓸 수 있었으면 좋겠습니다
진정성 없이 가벼이 지나온
오만가지 시건방진 일들
그 많은 경박함에 대해
그 많은 무지함에 대해
용서를 구하며 글을 모아 봤습니다

2026년 2월
하금열

차례

1부
호수에서 온 편지

회상

젊은 날들은
행복했습니다
마음은 순수했고
꿈은 아름다웠습니다

푸른 바다가 늘 곁에 있어
생각은 여유로웠고
삶은 즐거웠습니다

오늘
눈물 나게 그리운 날들이 있어
황혼을 바라본다 하여도
또 다른 내일 앞에
고맙고
감사할 따름입니다

지금처럼
서 있는 자리에서
그날들을 돌아보며

담담한 미소를 지을 수 있기만을
정녕 소원합니다

바다도 울고 싶을 때가 있다

한 치 앞이 안 보이는
막막한 날에는

바다도 너처럼
목 놓아 울 때가 있다
해무海霧에 머리를 풀고
슬피 울 때가 있다

멀리서 무적霧笛이 울고
놀란 물새까지 따라서 울면
산이, 바다가 온통
울음바다가 될 때가 있다

이름 없는 작은 섬들도
깨끗이 접어 둔 손수건을 꺼내
걱정스런 눈물을
닦을 때가 있다

전신주

사연이 쌓이면
전신주도 밤새
울 때가 있다

그런 밤에는
서러움에 통곡하는
여인이 있다

술주정뱅이 사내가
상건달 아들이
바람난 딸이
전신주마다 달라붙어
웅웅거릴 때가 있다

박복한 년이라고
복장을 치며
팔자를 고발하는
여인이 있다

우리는 다른 길을 걸었다

그 길을 가 보았냐고 물었다
가 본 적이 없다고 말했다

그 길을 아느냐고 물었다
모른다고 말했다
다른 길로 갔고
알려고도 하지 않았다고 말했다

내가 걸어간 길은
전혀 다른 길이었고
그 길에서
다른 것들을 보았다고 말했다

이제 생각하면
조금은 멀리 돌아갔던 셈이다

안 그럴 것 같지만
한두 번 절망하지 않고
돌아가지 않은 사람

얼마나 될까

세상에
길 아닌 길이 어디 있던가

간꽃

바닷가 사람들은 사시사철
온몸에
간꽃이 핀다

속이 노란 배추처럼
소금으로 절여서
간간하게
간이 밴 사람들

두 생각 하지 말고
헛바람 들지 않게
바다만 쳐다보며 살아가게
아주 속을 염장을 한다

간이 덜된 인간들을 보면
문밖에서부터
철철
소금을 뿌릴 수밖에

흔적

세상에
죄짓지 않고 사는 사람이
얼마나 있을까

너를 보고 싶은 것도 죄고
보고 싶지 않은 것도
죄라면 죄다

처음 만난 것도 죄고
멀리 떨어져 있는 것
또한 죄일 수 있다

안개 자욱한 새벽
아름다운 꿈을 꾸며
호수 위를 나는 새

흔적 없이
너에게로 가고 있다
죄짓지 않기 위해

호수에서 온 편지

2월의 차가운 어느 날
주인 아주머니께
60. 죄송합니다
35. 마지막 집세와 공과금입니다
30. 정말 죄송합니다

70만 원이 들어 있는
수의 입은 하얀 봉투
번개탄을 탓하지 않는다
아무도 두드리지 않은 외면과
최후까지 버틴 남의 일을
돌아앉아 부끄러워할 뿐

제대로 울어 보지도 못한
모정母情 사이로
거처 없이 떠돌던
사글세 바람이
촛불에 그을린 채 빠져나간다

행복

당신이
푸른 바다 멀리

아주 작은 섬
하나
사이에 앉아

꿈만 같다고
말하는 것이

그저
꿈만 같아요

조언

딸아
혹은 아들아
웬만하면 출세하지 마라
자칫 더러운 꿈을 꾸게 된다

부러운 일
신나는 일이
얼마나 많은데

아름다운 사람을
바라보는 것만으로도
얼마나 아름다운 일인가
착한 얼굴에는
향기가 난다

아들아
혹은 딸아
욕심부리지 않는
지금 그대로가

더없이 향기롭고 아름답다

구겨지면 안 된다
인생 그렇게는 살지 마라

낙엽

원 없이 떨어진다
여한 없이 밟아라
군말 않고 받아줄게

사실은
바람 불기 전부터
떨어지기 시작했다

미안해하지 마라
한두 번이 아니다
아무래도 괜찮다
너만 좋다면

폐문부재

성문은 닫혔고
전장은 오래전에 끝이 났다
뒷문은 열려 있고
함성은 멎었다

있어도 없고 없어도 있다
좋았던 시절
살아 있어도 떠나간 지 아득타

돌부처 돌아앉았고
뜻대로 와불臥佛은 이마를 싸매고
드러누웠다

두드리지 말라
한 번
두 번
세 번
종이 울린다

멀리
아주 멀리서

순이의 추억

할매
젖동냥이 뭐라예

아이구 저 세근 없는 것이
니가 젖동냥 아이가

젖을 우째 동냥하는 거라예

참말로 얄궂다
너그 아부지한테 물어봐라
나는 말 몬한다

우찌 애미 이바구를
속속들이 다 하겄노
후제 시집가서 알라 키우몬
알게 될 끼다

세월 참 야속하제
저 에린것이 뭔 죄가 있다고

객선 풍경

새로 모은 광제호는
첫소리를 내며
선창을 떠났다

소랑포에서 풋마늘을 싣고
산달에서는
마른 멸치를 실었다
법동에서는 돌김이 올라왔고
내처 해미당에서는
애기 업은 아지매를 태웠다

휘날리는 갑판 위에서
친정 가는 새댁이
복닥하게 웃다가
울다가
언제부터인가는
새로 나온 콧노래를
훔치고 있었다

폭염

올여름
왜 이 난리인가 했더니
아, 그게 염병이었던 거야

속에서부터
불을 때고 있었던 터에
등 뒤에서는 누군가가
풀무질을 해대고 있었어
그럼 어쩔 도리가 없지

미꾸라지들이 어떻게 한여름을
미동도 않고 지내나 봤어
돌 틈에 배를 깔고 하루 종일
눈만 끔벅이고 있더구나
숨은 쉬어야 하니까

산다는 것은 우습기도 하고
가끔은 부끄러울 때가 있어
말 못할 사정도 있고

폭염,
바람이 불어야 해
바람은 바램이니까

봄 투정

너는 알겠나?
그 잘나가던 봄날이
징검다리 근처에서
왜 저리도 뜸 들이며
꼼지락거리고 섰는지를

야들한 꽃망울
행여 바람날까 봐
고개 숙인 언덕만 목 빠지게
쳐다보고 섰는데

나는 모르겠다
저 문디 같은 속마음을

아무도 모르게

사람들은 저마다
가슴속 아련한 곳에
보석 한 개쯤은 묻어두고 산다

낮이나 밤이나
저마다의 보물을 숨겨두고 산다

시냇물이 흐르는
작은 오솔길에서
저녁노을 받아 반짝이는

꿈같은 보석 한 개쯤은
아무도 모르게
품에 안고 살아간다

살면 살아진다

세상에 아프지 않고 살아가는 사람이
얼마나 있을까

깊은 산들도 더위에 시달리면
멍든 단풍을 만들어 보내고
바다도 견딜 수 없이 망가지면
고통스런 적조赤潮를 사방에 풀어 놓는다

참고 살아야 한다
세상에 힘들이지 않고 사는 날들이
얼마나 될까

하늘도 답답하면 먹구름을 만들고
끝내는 소나기 되어
괴로운 심정을 쏟아붓는다

쉬운 일이 어디 있겠냐마는
살면 살아진다고
다독이며 보듬고 가야만 한다

설날 아침

어머니
설입니다
엊그제 양평 장에 들러
깐 밤이랑 곶감 조금 사 왔습니다
속이 안 좋아서
드실 수나 있나 모르겠습니다

좋아하는 생미역도 구해서
며느리가 나물했습니다
고추장 넣고 비벼서 드셔 보세요

올 설에는 아침부터
웬 눈이 이리 내리는지
온 산이 눈밭입니다

거기는 많이 추울 텐데
장롱 깊이 숨겨둔 솜버선 좀
꺼내 신으세요
언제 신으려고 그렇게 아껴요

밤에는 한파가 온답디다
찬바람 안 들게
문단속 잘하셔요

암튼 우리 걱정 마시고
다리 펴고 편히 쉬세요
새해입니다

사춘기

아무도 모르게
내 안에서는 오래전부터
훈훈한 바람이 일고

너만 모르게
자꾸만 얼버무리는 사연이
봄나물처럼
부끄럽게 자란다

언제 한 번이라도
그 이름을
불러 보고 싶었지만

옹알이처럼
봄바람은 부는데
입안에서만 맴돌던 쪽지

분홍 꽃잎만 흘려보내고
강 건너 아지랑이 속으로

그 아이
하늘거리며 떠났다

오지로 가는 길

함양 산청
함양 산청
차장 아가씨의 목소리는
갈라진 지 오래다

언제랄 것도 없이
그 산이 생긴 이래 한번도
외롭지 않은 날이 없었다

깊어서 힘들었고
어두워서 슬펐다
인경 소리처럼 울고 울었다

짐칸에는 한물간 갈치
산 먼지 뒤집어쓴
간고등어 서너 두름

떠나요 떠나가요
이 차가 막차요

함양 산청
함양 산청

돌아가는 골짜기마다 하나씩
지친 해가 저물었다

작별

얼마나 더
착한 이별이 고여야
그리운 밀물이 되는가

포구를 맴도는 떠나가는 배
갑판 위 선생님도
손수건을 흔든다

선창을 떠날 때부터
우리는 안다
슬픔도 기다림도
다 부질없다는 것을

어린 눈물들이
한나절은 고여야
윤슬처럼 반짝이는
밀물이 된다는 것을

사각지대

변두리에는
왜 모녀母女들만 사는가

다세대 세입자
반지하
너를 보려고 낮에도
불을 켠다

가여운 햇살
봄으로 가는 길은
어느 쪽이던가

속는 줄 알지만
정녕
꽃들은 피는가

같잖은 세월
비겁한 껍데기들

실수

아이쿠, 하느님
고맙습니다
큰일 날 뻔했습니다
여러모로

만조滿潮

바다도 숨이 차면
물 위에 몸을 누이고
한나절 쉴 때가 있다

수만 리를 달려와
말할 힘조차 없을 때
아무 해구나 쓰러져
혼절할 때가 있다

그러다
달 없는 조금 밤에는
물가를 서성이며
홀로 맴돌 때가 있다

채워질 때까지 기다린다는 것이
너무 힘이 들어
저렇게 지쳐 쓰러질 때가 있다

어떤 이별

그분은 화창한 봄날
작은 가방 한 개만 들고
섬으로 들어왔다

엷게 화장하고
바람 부는 바닷길을 따라 걸으면
고운 치마가 날리기도 했다

나는 어렸고 아무 생각 없이
길가에 쭈그리고 앉아
하얗게 핀 들꽃을 따 주기도 했다

한낮의 가운데는 햇살이 따가웠고
말이 없던 그분은
나를 일으켜 세우며 집으로 돌아갔다

나는 늘 따분하고 졸렸다
어느새 봄이 가고
여름이 뭉게구름을 피워내고

가을이 주섬주섬 옷가지를 챙겨 내려올 때
그분은 마른기침을 계속하며
내 작은 섬을 떠났다

구겨지지 않은 돈을 쥐여 주며
내 손을 꼬옥 잡았다

그날도 엷게 화장을 했고
가느다란 목소리가
괭이갈매기처럼 떨리고 있었다

고마운 사람

나에게 말없이
길을 내어 준 사람

강줄기 따라 아주 작고
조용한 마을을 지나
저녁 안개 드리우는
들판을 가로질러
나에게 길을 일러 준 사람

가파른 산길 돌아
지친 몸 누일 수 있게
그 길이 쓸쓸하고 고단하지만
가야 할 길이라고
알려 준 사람

오솔길 같은 사람

2부

떠나는 것들을 위하여

빼뿌쟁이의 노래

돌밭이
내가 자란 곳

밟힌 가슴에
장대비 올 때마다
억척같이 버티었다

하도 질겨 질경이라
놀렸지만
눈도 깜짝 않더라

미소는
좋을 때만 짓는 것이
아니란 것을

돌담 돌아 어색하게
떠난 뒤에 알았다

귀가

어쩌면 좋아
해가 지는데
어두워 오는데

파리만 날리고
아무것도 팔린 것이 없어

말똥가리처럼
나만 쳐다보고 있을 텐데

돌아가고 싶어
무심한 노을
야속한 세월

여치의 사랑

풀잎 연미복을
말끔히 차려입은 여치

새끼를 등에 업고
햇살 좋은
가을 속으로 들어간다

내 새끼
아름다우니까 사랑이다
아름답지 않은 것은
사랑이 아니라고

저 혼자 끄덕이며
기분 좋은 휘파람 소리
익어 가는 노란 들녘

이브에 부르는 노래

성탄입니다
기쁨입니다
사랑입니다
용서입니다

어린 남매뿐입니다
세상의 빚은 모두
나의 몫입니다

가난은 죄입니다
먼저 떠나는 저는
죄인입니다

부디 나머지들을
누구에게라도
부탁드립니다

언젠가는 우리 가족
우풍雨風 없이

함께 모여
메리 크리스마스

떠나는 것들을 위하여

놀라지 마라
놀랄 일 아니다
가을 잎 떨어지듯
우리 곁을 떠나간 그 모든 이별

다음에 우리는
고운 소리가 되어
다시 만나자

풀벌레 우는 소리
밤눈 내리는 소리
밀물 스며드는 소리

별빛이 총총한
밤바다에서

진관사 가는 길

박석고개 넘어
연신내도 지나고
비포장도로를 따라 한참을 가면

조금은 여위어 보이는 코스모스가
접경지 소녀처럼
부끄럽게 하늘거렸다

이 길로 조금만 더 가면
검문소가 나오고
더 이상은 물길이 막힌 개구리들이
초저녁부터 아우성인 곳

울어 봐야 소용없다는 것을 어찌 알까마는
고운 스님은 웃으며 달랬다
애들아, 예불 시간이다
조용 조용

해탈의 문 너머 오묘한 법당에는

그때도 지금처럼
혼자 된 촛불이 흔들리고 있었다

추석 전야

마을 끝 도롱골에서
불근디미 지나 십 리 길

거부지기 실은 달구지만
하나쯤 지나가고

처녀 도깨비가 산다고 했던가
으슥한 상엿집을 눈 감고 돌아서면

오른편으로
오송 영복 밤개 마을이 사뿐히 앉았고

보푼 고구마밭을 막 지나면
발아래 모래가 한없이 고운
더근이 바다

오늘 밤 거기도 부슬부슬
가을비가 내리는지

빗물에 어리어
보름 달빛은 호박꽃처럼
수줍게 일렁이고 있는지

호롱불 흔들리는 웃음꽃들이
담부랑 너머까지
피어나고 있는지

소식을 묻는다
여기도
내일이 추석秋夕

신신당부

며늘아가
마음고생이 많다

잘 참는 것도
인생이다

보리타작 끝내 놓고 한 번
올라갈 거마

애비 지금은 그래도
철 지나면 나아질 거다

기다리지 않는 시간이
어디 있더냐

살다 보면 잊혀진다
네 형편 다 안다

몸이라도 간수 잘하거라

때는 잘 챙기고
어서 들어가거라

떠나는 선창

사공의 뱃노래를 들려다오
선창가 전봇대에
가로등을 켜다오

물에 잠긴 돛단배를
노 젓게 해다오

초승달 밤바다에
보슬비라도 내리게 해다오

울고 선 저 여인
마지막 밤배라도
떠나가게 해다오

노을

그대 떠나려거든
노을 속으로
떠나가시오

저 하늘 바라보다
노을이 지면
아무도 모르게

불타오르던
그때처럼 그대를
기억하고 있을 테니

전쟁과 훈장

코를 흘리고 다닐 때다
떼를 쓰는 나에게 어머니는
돈보다 훨씬 좋은 것이라며 달아 주었다

지금 보니 육이오 종군 기장紀章이다
마을에서 하룻밤을 묵고 떠난 제대 군인이
곧 찾으러 오겠다며 맡긴 것이
10년이 흘렀단다

훈장, 까짓거
누가 달면 어떠냐고 가슴에 달아 주었다

그때부터 나는 동네 웃음거리가 되었다
그놈 참
지가 뭘 했다고 훈장을 달고 다녀

그러든 말든 나는 줄기차게 달고 다녔다
점점 훈장은 나의 것이 되어 갔다
자격이 있다고 믿게 되었다

누군가가 완력으로 떼 내기 전에는
끝까지 달고 다닐 생각이었다

철이 들고 나서야 알게 되었다
내 것이 아니면 조롱거리가 된다는 것을

명주 수건

아지랑이 언덕에
냉이를 캐러 가며
엄마가 물었다

아가,
저 건너 소말뚝이
소 맬 말뚝이냐
소 못 맬 말뚝이냐

나는 무심코 그냥 웃었다
엄마의 명주 수건은
언제나 하얗고
눈이 부셨다

수용소가 보이는 언덕에서

빼딱구두를 신고
불안불안 걸어가는 누나
빨간 입술을 꾸욱 다물고
스리쿼터에서 내려 땅만 보고 걸어가는
처음 보는 예쁜 누나

가설극장 광고판처럼 졸졸 따라가며
선머슴아들은
인디언이 쓰다 버린 하얀 풍선을 주워
들판 끝까지 날려 보냈다

아무려면 어떠랴
머리에 새똥도 안 벗겨진 놈들이
삐뽀삐뽀 조잘대며
땀띠 나는 신작로를 구경난 듯 걸었다

그해는 붙들린 자들만이 포로가 아니었다
고향을 떠나 버린 두려움으로
낯선 포로가 된 이방인들이

철조망마다 달라붙어
호구지책을 염탐하고 있었다

하느님께 묻습니다

사람에 대한 실망이
다른 모든 희망을 덮습니다

내가 누군가에 실망하듯
누군가는 나에 대해 실망하고
몸서리칠 것입니다

사람에 대한 실망이 지나치면
저주가 되고
저주가 지나치면 폭력이 됩니다

이런 병은 고치기가 어려운가요
사람에 대한 실망과 증오가
하늘을 덮습니다

정말 아무런 방법이 없나요

그리움은 그리워야 한다

봄 언덕에 피어나는
수선화

호숫가에 스며드는
잔잔한 달빛

어깨를 적시는
가을비

매운 겨울을 이기고 돋아나는
야생화처럼

그리움은 언제나
사무치게 그리워야 한다

번개탄을 위한 애가哀歌

내가 아닌 너를 위해
티셔츠 한 장 샀다
6년 만이다

병든 아버지를 위해
급전 빌렸다
90만 원

빚 독촉은 천만 원이란다
나는 직업도 있는데
웃음 가게

딸에게 죄지은 마음만 남겼다

우리가
다음에 또 만나면
그때는 정말
안 놓아 줄 거야

사랑하는 이 엄마가
하늘 끝까지

새들에게

그 많은 새들
조석으로 뜨고 날아도
깃털 하나 건드리지 않고
줄지어 나는데

미안하다
그 마음 하나
헤아리지 못해서

새털 같은 부드러움
툭 건드리고
울리기만 해서

빈 가지에 나앉은
니들 보기도 그렇고

고향집

오막내 다리 건너
산촌山村 가는 길에는
어디 뽐낼 일이 없어서인지
그 흔한 가로수 한 그루가 없었다

먼지를 뿌옇게 둘러쓰고
모로 앉은 판잣집 하나
함석으로 창문을 가린 집에는
연기 피어오른 지가 오래다

배 타러 나갔다가 소식이 끊긴 아들과
홀어미가 살았다는 얘기만 있을 뿐
관심 있는 사람이 거의 없었다

살아온 과거가 뭐 그리 중요할까마는
꽃다운 시절에는 동백기름도 발랐을 테지

숯가마를 실은 달구지가 힘에 부치는지
투덜거리며 지나가고

무심했던 하루해는 더 볼 일 없다며
슬슬 솔섬 뒤로 숨어든다

이 길로 쉬지 않고 십 리만 더 가면
내가 찾는 그 집에 도착할 것이다
곰피와 서실과 모재기와 빼떼기와
그리고 저녁 어스름과 은파와
그리운 당신이 있는 곳

노점상

매니큐어를 발랐다
반쯤은 벗겨졌다

파리가 달려든다
버들가지로 휘저어 쫓는다

그늘도 따라서
벗겨져 내린다

어디로 옮겨 앉으랴
어쩌다 여기까지 왔는지
무너져 내리는 한심한 푸념

내일은 또 모르지
제발
내일 일은 알 수가 없다니까

학여울역

삶이 그러하듯
나는 늘 쭈뼛거리거나
위아래로 갸웃거린다

어차피 나가야 할 길인데
서성이지 않고
1번 출구 한길로
빠져나가고 싶다

아주 태연하게
주눅 들지 않고
바로 너처럼

막장

이제
거의 다 온 거 같다
끝이 보인다

그렇게들 하나같이
허물어져 갔으니
무슨 재간으로 살아남아

조심해서
들어들 가거라
큰 욕 봤다

한두 번이 아니다
그저
팔자소관이려니 하고
덮어야지

병이나 덧나지 않게
단도리 잘하고

소음

언제부터인가 이 도시에는
소리를 내는 것들이 많아졌다
삼라만상이 모두 소리통이다

다행인 것은 점점 듣지를 못한다
지독한 난청難聽이다

흐르는 물처럼 강으로 가자는데
당신은 죽자고 그 뻔한
돌산으로만 치받는다

고함을 쳐도 들은 척도 않으니
그렇다면 알겠다
맘 편하게 살자

살아 있는 모든 것 중에
우리처럼
눈치 보며 사는 것들이 어디 있더냐

꽃 피고 새 울고
바람 불고 비 오고
어디 한번 부대끼며
흔들리며 가 보자

3부
아름다운 사람

무적 霧笛

내가 운다는 것은
너무 외로우니
함께 있어 달라는 하소연
두려움에서 벗어나고픈
쓸쓸한 몸부림

천지 분간이 안 되는
나의 어리석음을
너라도 피해 가라는
안개 같은 회유懷柔

침묵하는 바다에 진종일
무적이 운다

간맛으로 산다

섬이 얼마나
섬 같은지는
섬에 들어가지 않고서야
잘 모르지

해송도
동백도
톳 캐는 아낙도

간맛으로 어우러지며
짭짤하게 간다는 것을
살아 보지 않고서야
알 수가 없지

간을 맞추며
간이 맞는 사람들끼리
오순도순 하루를 보내는
작은 돌섬 사이로

간이 밴 노을이
깊고도 더 붉게
불타오른다

엽서

동숭아
아픈 데는 어디 없냐
제수씨 편물점은 좀 어떠냐

오래 못 봤다
일간 한번 올라가마

참, 너그 형수 파마집
문 다시 열었다

큰 걱정을 덜었다
마이 고맙다

낯선 고향

가고 싶으면 가야지
그런데 문제가 있어
어느 때부터인가
아무나 받아주지를 않아

읍선창 가는 길 오두막집
태어난 터가 분명한지
심사도 까탈스럽고
친구가 틀림없다는
인우隣友보증도 그렇고

무엇보다
거가 거가 아니야
가가 가도 아니고
외면당해도 담담한 이해가 필요해
여러 가지 마음의 다짐이

성북동 이야기

그날이
단풍잎 떨어지던
어느 날 밤
불 꺼진 방에
가지런히 발을 모으고

우리 여기서 멈춰요
딱 여기까지여요
둘째가 문풍지처럼 흔들렸다
첫째가 눈을 감으며
여기서 멈추는 것이 맞아요
벽에 기대어 훌쩍이던
막내
그래요, 엄마

밤은 그렇게 지나가고
새벽은
다시 오지 않았다
그리고 보내온 편지

“진짜 봄이 왔구나, 할 무렵
우리
꽃들은 핀다”

아름다운 사람

쫓기는 사람처럼 문간에 서서
강원도로 들어간다고 했습니다
서울에는 초저녁부터
사정없이 진눈깨비가 뿌리고
영문 모르는 연희는 훌쩍이고 섰습니다

누군가는 엄동설한을 품에 안고
떠나야만 한다고
그래야 봄 같은 봄을
맞이할 수 있다고 달랬지만
소용이 없었습니다

그가 떠난 동지섣달은
참으로 대단했습니다
여기저기서 간간이 곡(哭)소리 들려오고

갈라진 목소리로 부르는
〈아침 이슬〉이 청진동 뒷골목에
신음처럼 깔렸습니다

곧이어 밤이 찾아왔습니다
시커먼 밤이
그런 후로 오랫동안 인간 같은 새벽은
오지 않았습니다

그녀가 연신내 시장 어귀에서
수건을 머리에 뒤집어쓰고
국밥 장사를 하더라는 소문을
들은 적이 있습니다만
벌써 오래전 얘기가 됐습니다

그해 겨울은 왜 그리도 추웠던지
마음 놓고 찾아갈 곳이 마땅히
없었기 때문인지도 모릅니다

지금도 하나, 둘, 셋, 넷
그 돌밭으로 소리 없이 들어가는
사람이 있습니다

엄마의 용돈

옴마, 돈

무신 돈?
네가 돈 같으면
잡아묵겠다

그래도 옴마

없다
묵고 죽을라 캐도 없다
엉글티리지 말고
가서 소풀이나 뜯어 오거라
물 들기 전에
퍼뜩!

옴마 지금 갠테 간다

탱자나무 그늘에서

처음에는 개구멍으로
제법 자란 강아지 한 마리가 기어 나왔다
꼬랑지가 뭉뚝한 한 마리가 뒤따라 나섰다
어디에선가 눈도 못 뜨는 강아지 몇 마리가
뽈뽈거리고 또 나타났다

탱자나무가 키보다 더 자란 채마밭에서
안면이 있는 녀석을 따로 만나
서로서로 꼬리를 물고 정신없이 맴돌더니
뭐가 틀어졌는지 나왔던 길로 금세 사라졌다

희끗 초겨울 바람이 귀밑을 스치자
한 무리 강아지들이 재차 모여
뒷골목으로 우르르 몰려가고

그 축에도 끼지 못한 강아지들은
앞서거니 뒤서거니 당산 쪽으로
뒤도 안 보고 달아났다

마을에는 그림자 하나 없이 밤이 오더니
골목 여기저기에서 개 짖는 소리
흔들리는 봉창마다 불안한 불빛들
하나둘 스러지고

그렇게 또 어제처럼
되지도 않을 새벽이 찾아왔다

화단 앞에 서서

말하지 않아도
너가 누구였는지
우리는 다 알고 있다

대라진 넘
넘찐 넘
다담 받지 못한 넘
씰데없이 앙조가리는 넘
제 쪼대로 자물시는 넘
팔자로 곡갱이짓 하는 넘
엄벙한 넘
맹알시런 넘
시건 없는 넘
무시 빼먹다 코피 터진 넘

나팔꽃 접잠화 백일홍이
말도 못하게 예쁘게 핀
우리 반 화단에서
코를 흘리며 웃고 선

너를 만난다

잘 살지?

애원

우리 아이가 아파요
펄펄 끓어요
어쩌면 좋아요

밖은 너무 어두워
나갈 수가 없어요

어느 길로 가야 할지
길이 다 끊어졌어요
통금 시간이 풀리려면
아직도 멀었는데

한 번만
누구라도 도와주세요
우리 아이가
많이 아파요

여기는
엄마입니다

봄비

기도처럼 용서를 빌며
몸을 낮춰 비가 내린다

가만히 물러나지 않으려
꽃샘추위까지 불러들인 탓에
더 멀리
눈 밖으로 밀려난 살얼음

어디로 가야 할지 약속도 없이
봄기운만 앞세우고
떠날 채비 서두른다

바라는 것은 시혜施惠가 아닌데
너는
연약한 자들의 약점만을 잡아
얼마 되지도 않는
선심을 베풀려 하는구나

산다는 것은 옹색한 일이지만

가끔은 그렇게
눈 감을 수밖에 없는 화해

창밖에는 벌써부터
봄비 소리 들린다

광야에서

나무 뒤에 숨지 마라
네가 서 있는 곳도
광야고
나무가 서 있는 곳도
광야다

비가 오면 비를 맞아야 한다
들판을 키우는 농부는
비를 피하지 않는다
비 맞지 않고 자라는 곡식이
어디 있던가

비가 내리면 생명을 보듬듯이
비를 맞고 걸어가자
광야로
광야로

간조(干潮)의 꿈

어머니 뱃속처럼
속을 다 비워내고 너를 낳은 거지
아득히 떠나보낸 허한 가슴

그렇지만 머잖아 돌아오리라는
믿음 하나로 묵묵히 참아낸 거야
때를 기다린다는 것은
이삭이 여물 때까지
배고픔을 견뎌내는 것

밀물 따라 돌아올 만선의 꿈 그리며
바다는 그렇게 따가운 눈으로
앉은 채 밤을 보냈어

물어볼 것도 없이 내일은
다정한 바람이 불 테고
함께 떠난 바다는 해루질이 끝날 무렵
너울대며 안길 거야
기다리는 네 품으로

새들의 읍소

우리 아이들더러
새가슴이라고 비아냥대는 것은
받아들이기 어려운 폄훼貶毁입니다

당신들에 비하면
가슴이 작은 것은 사실입니다

그러나
힘들게 살아오면서
밑도 끝도 없이
무작정 조롱하거나
누구처럼 없는 일
꾸며대지는 않았습니다

혹 우리가 욕먹을 짓 했다면
군침 도는 들판에서
곡식 조금 까먹은 일
그게 무전취식이라면
그게 무단점거라면

죄라면 죄입니다만

그렇다고 저기 저자들도
다 용서가 되나요?
없던 일로 치부하나요?
상도의商道義상 그건 아니라고 봅니다

새들이 가만있지 않을 겁니다
작지만 새들도
말하고 싶은 입이 있으니까요
입 더러워질까 봐 지켜볼 뿐입니다

찌라시의 생환

옛날 어느 고을에
거짓말로 빌어먹고 살아가는
한 인간이 있었다

어떻게든 돈을 끌어모아
대궐 같은 집을 짓고
황제처럼 떵떵거리며
폼 나게 살았다

한 날 그 집에 거짓말같이
큰불이 났다

잠에서 깨어난 사람들이
하나같이 팔짱을 끼고는
불구경만 하고 섰다

묶여 있던 강아지도 토끼도 염소도
닭장 안에 닭들도 모조리
불길을 피하지는 못했다

거짓말쟁이는 저만 간신히
불길을 피해 나와
이번에는 좀 더 큰 판을 엮어 보자며
포졸이 졸고 선 성문城門 안으로
거짓말같이 숨어들었다

그때부터 거짓은 진실이 되고
진실은 역사가 되는 새벽이 찾아왔다
거짓말처럼

꽃동네

아가들아
해가 지는구나

조금만 기다려
엄마 어둡기 전에 돌아가서
맛있는 밥 지어 줄게

우리 막내 좋아하는
생선도 한 마리 샀어

착한 누나는
숙제 잘하고 있지?

잠잘 때도 노래를 부르는
꽃무늬 운동화
올봄 소풍에는 꼭 사 줄게

거의 다 왔어
저기 저 언덕 하나만 넘으면

이별 후

번호를 지운다
멀리 떠난 너에게
아무래도 벨 소리가
닿지 않을 것 같아서

한 번호를 더 지운다
떠난 뒤로
다시는 울리지 않는
다 닳은 숫자를

이제 더는
지울 수가 없을 것 같다
낙엽 지는 소리가
조금만 더 기다리자는
간절한 울림 같아서

날이 많이 차다
잘 쉬거라

수국 水菊

아무리 졸려도
자는 둥 마는 둥
먹는 둥 마는 둥

우물가 수국같이
물들다 끝나 버린
울 엄마 웃음같이
웃는 둥 마는 둥

온 만신이
아픈 둥 마는 둥

세 모녀

세상에
얼마나 많은
개미의 집들이
밟혀서 망가져야
거미줄보다 더 어이없이
찢어져야

치유될 수 없는 아픔이
그나마 사그라들까

밤마다 속삭이는 모녀의 화음이
노래가 아니라 울음이라면
세상의 그 많은 노래는
조용히 사라져야 할 것 같다

저 깔딱고개를
우리가 같이
손잡고 넘어야 한다면 말이다

꽃신

복순네 가게에서
처음 본 무늬가 예쁜
운동화를 샀습니다

발이 쬐었지만
잘 맞는다고 우겼습니다

신을 신고 절뚝거리는 꼴을 본
어머니가 혀를 차며
신발을 벗겼습니다

한 번 신었는데 어떻게 바꾸냐고
버텼습니다

어머니는 말없이
찬장에서 밀가루를 꺼내
신발 밑창에 발랐습니다

꽃신은 그렇게

물거품이 되었습니다

울고 싶은 한가위
헐렁거리는 통고무신을 질질 끌며

어둡도록
동네 골목만 비비적댔습니다

독백

나이 많이 들었다
공원을 쓰다듬는 청소부
시골집 떠나오며 한세월
외로움이 뭔지

새벽에 나가
어둑해 돌아오면
조금 앉아 다리 펴고
그러다 졸다 말다
사랑이 뭔지

걱정 없는 내일은
비가 오든
눈이 내리든
공원에는 아무 탈 없이
어지러운 발자국 지나가고

떠나는 모습 보며
늘 뒤에서만 인사했지

하늘 참 맑다
나뭇잎은 떨어져
저렇게 구르고
구르는 나뭇잎 따라
나도 구르고

유세 또는 세설 細說

겨울바람이 차다
또 속는 것
회귀의 열차는 덧없이
플랫폼을 떠난다

이별은
미소가 탐나는 소품
세설로 이어지는 유세 탓에
이끼 끼는 세월만 농염해졌다

미워하며
후회하며
천치들이 벌이는 잔치는
끝날 줄 모르고

바람 안에 갇힌 바람이
용오름으로 솟구치는 날
사람들은 어떻게 하면 이보다 더
용렬해질 수 있을까 내기를 건다

마주 보며 손뼉 치며
눈물 어린 응원을 보내며

바닷가에서

"죽여라 죽여"
샛바람이 불어
바다로 나가지 못한 배들이
안달을 하는 밤이면
골목 안쪽 끝에서부터
목마른 외침이 들리곤 했다

얼마나 오랜 구박과 멸시가 쌓여야
생에 대한 미련이
마을에서 마을로 떠돌아다닐까
살아야 한다는 사연은
목숨을 건 바다에서
매일 밤 발버둥을 쳤다

그러고도 그 섬을 떠났다는 소문은
들려오지 않았다
속을 뒤집는 너울만
부고장처럼 널브러져
시도 때도 없이

들물에 밀려 술렁일 뿐

그렇게 겨울이 지나가고
바닷가에는 다시
노오란 봄이 찾아왔다
너무도 태연하게
아무 일도 없었던 것처럼

식모살이

야야, 니가 아랫모실
옥년이 딸 맞제?
피색이 영판 닮았다

너그 오래비는 어디 사노
엄마는 그렇게 영 가버렸제
소문은 다 들었다

그 활수滑手 같은 애비 땜에
남의 집 식모살이하는 거라
우짜겠노

오래비 돈 벌면 데리러 올 거다
동네가 다 안다
버탈 만큼 버타 봐야지

내 새끼나 남의 새끼나
별반 다를 것도 없다
밥이라도 얻어 걸치면 다행이지

사는 기 다 그렇고 그렇다
해 떨어지기 전에 어서 가거라
갈 길이 멀다

아니라고 말하지 말라

낙엽을 밟으며
밟고 가는 너는 추억이라 말하지만
눈물인 나는 가슴이 아리다
부서져 상처가 나긴 해도
그 산을 탓하고 싶지는 않다

지나온 한 시절
그때나 지금이나 버려지지 않는
나의 것일 뿐
바람 불던 날들은
내 것이 아니라고 우길 만큼
배포도 숫기도 없다

연탄이 없어 냉골에 움츠린 날들
버스비가 모자라 종로에서 답십리까지
하염없이 걷기도 했다
왜냐고 묻는다면
우리의 이야기는 길어지고 궁하다

그때는 왜 그렇게 아파했는지
무슨 연유로 울면서 떠돌았는지
잘 알지도 못하면서 동정이나 하는 것처럼
수군거리지나 말았으면 좋겠다

살아 보니
그렇게 살고 싶어서 사는 사람
아무도 없는 것 같더라
그래도 좋았어

누가 공짜로 이렇게 재미난 세상을
구경시켜 주겠어
이런 횡재는
두 번 다시 안 올 것이 분명해

떨어져 흩날리는 낙엽만도 못하게
그때 일들은 다 숨기고
가는 길은 흐리고

드디어는 잎이 아니라 꽃이라고
무시하고 조롱하는 무리를 보며
얼굴 좀 들고 살아라
말해 주고 싶지만
아닌 것 같구나

어느덧 종이 울리고
어둠은 장막처럼 산그늘을 만들며 내려와
거리를 덮는다
너에게서
또한
나에게서

섬 아기

남쪽 바다 멀리
섬이라 부르기도 부끄러운
작은 섬이 수줍게 숨어 있다

동백꽃이 어우러진
쪽마루가 있고

종지만 한 부엌방에는
아까부터 잠이 든
아기가 있다

팔색조가 부르는 노래
가슴으로 들으며

수선화가 피어 있을 동안에는
바다로 일 나간 엄마를
찾지 않을 것이다

단 한 번도 배고픈 적이 없어

투정을 모른다

돌아올 엄마가 있는 사람은
울지 않는다
세상 모두가 울지 않는
아기가 된다

앵구 이야기

옆집 할아버지는
사람들이 자꾸만 마을이 싫다고
떠나는 것이 걱정이라
밤잠을 설치는데

낮에도 자빠져 자고
밤에는 술주정까지 하는
장성한 자식들이 너무나 부끄러웠다

곁에서 분하게 지켜보던
고양이 한 마리가
정신없이 졸고 있던 강아지를
앞발로 후려치며
분연히 나섰다

에라이!
동네가 이 지경인데
정녕 잠이 오냐고오

졸지에 당한 것이 억울했지만
참기로 했다
그럼 날더러 어쩌라고
강생이 주제에

아, 졸립다
좀만 더 자자

4부

새 아침

아침

강이 끝나는 산 너머로
오늘처럼
붉게 타오르는 아침을
맞이할 수 있다는 것은
행복이다

긴 밤을
정말 아무 일 없이
번민도 없이 보내고
내재內在된 투정까지도
다 태우며 일어서는 태양

삐칠 것도 서운할 것도 없는
그렇게 아무 일도 없었던 것처럼
일상은 시작되고
게으른 그리움만
지각을 하고 있다

눈앞에 번지는 분홍빛

해무 海霧

"......"

너를 바라보며
오늘처럼 이 아침을
맞이할 수 있다는 것은
행복이다
행복함이다

효자손

내 마른 피부와
굽은 등골을 부려 먹은
세포가 떨어져
오랜 타성과 결별하는 시간

어떤 이별이
이보다 더
시원하고
깔끔한 적 있었던가

아쉬워할 것 없다
새롭게 태어날
생명의 윤회 앞에
다소곳이 웃음 지을 뿐

장사도

춘삼월 바다 건너
꽃바람 불면

우리 엄마
치마꼬리 붙들고
장 따라가듯

촐래촐래 따라서
떠나고 싶다

잔 너울 살랑대는
해송 사이로

볼웃음 돋아나는
향긋한 기별

봄 가고 봄 오면
그 봄이련만

동백 같은 그리움
시들어지면

바닷길 멀고 먼 천 리
장사도

나 언제 돌아가면
학교 종을 칠 테다

흩어진 동무들
다 불러 모으려고

산으로 올라간 연어

사랑한다는 것은
이해한다는 것이라는데

산을 이해하려는 진실됨이
너무나 부족한 탓에
연어는 부끄러웠습니다
모자라기 때문이었습니다

산으로 올라간 연어
그 연어는
다시 모천母川으로 돌아올 수 있을까요?

가을에게

시월입니다
문을 열고 나갑니다

황금 들판입니다
여전히 메뚜기들이 뛰어오릅니다

맑은 개울에는
오래 잊고 살았던 송사리들
앙증맞은 맹금쟁이도 어울립니다

그윽한 풀냄새가 고요를 더합니다
순수의 적막입니다
달리 무슨 생각이 나지 않습니다

혼자입니다
혼자여야만 합니다
비교가 없으면 후회도 없습니다

벼 익는 소리에 단맛이 저며듭니다

잠자리 한 마리 머리 위에 앉았습니다
홍마노처럼 붉습니다

침묵은 시냇물처럼 맑게 흐릅니다
생각이 짧아서 좋습니다.
꿈이 없어서 한결 편안합니다

모나지 않은 저 들녘은
온전히 나의 것입니다
멀리까지 소리 없이 이어져
고맙습니다

나를 찾아온 가을
한결같은 사랑입니다

절정

아름다웠다
떨어져 내리기 전에는

떨어졌을 때만 해도
고왔다
밟히기 전에는

밟힐 때만 해도 그냥 괜찮았다
서리 내려 바스라지기 전에는

찬란했던 날과
눈 내릴 때에는 어떻게 처신해야 할지
낙엽은 밤새 뒤척이며
고민해야만 했다

어쩌면 이것이 마지막 선택일지도 몰라
제 몸을 함부로 굴릴 수가 없었다
다 떨어진 나뭇잎이기는 해도
한때는 산천초목으로 군림도 했었다

그래서 깨달았다
기본으로 돌아가기로
낙엽의 본분을 지키며 애초 모습 그대로
무궁무진한 자연이 되기로 한 것이다

숲에서

새들도 숲에서는
말을 하는구나

험담도 않고
탓하지도 않고

세상에 없는
착한 말만
골라서 인사를 하는구나

스쳐 지나는 바람이 듣게
키 작은 나무들도
귀담아듣게

순례길

너는 새벽이고
나는 밤이다

나는 잠들고
너는 깨어난다

거역할 수 없는 질서이고
순환이고 존재다

소금 사막 근처에서
하늘 높이 생명을 간구하는
조슈아 트리를 찾을 것이다

이것은 자유이고 방황이며
막을 수 없는 진실이다

가 보자
선한 사람들이 줄지어 걸어가는
침묵의 늪지대로

해무 海霧

떠났던 배들이
하나둘 돌아오고

지친 어부들도
자망刺網을 거두며
쉰 목소리로
안부를 묻는다

이런 날은 바닷새들도
소리 없이 날개를 접는다

그 바다 끝으로
작은 배 하나
흔들리며 떠나간다

울고 선 너를
달래 주고 싶어서

후기 後記

시집에는
〈호수에서 온 편지〉 등
여섯 편의 가슴 아픈 글이 있습니다
사랑하는 아이들 손을 붙잡고
먼저 떠난 어머니들에게
부족한 이 글을 부칩니다

나눔출판 원고지